DANIEL MARTINS DE BARROS

O CASO DA MENINA SONHADORA

Ilustrações BIRY SARKIS

8ª impressão

PANDA BOOKS

texto © Daniel Martins de Barros
ilustração © Biry Sarkis

Direção editorial
Marcelo Duarte
Patth Pachas
Tatiana Fulas

Gerente editorial
Vanessa Sayuri Sawada

Assistentes editoriais
Henrique Torres
Laís Cerullo

Assistente de arte
Samantha Culceag

Projeto gráfico e diagramação
Rafi Achcar

Capa
Biry Sarkis

Preparação
Beatriz de Freitas Moreira

Revisão
Ana Maria Latgé
Marina Ruivo

Impressão
Loyola

CIP – BRASIL. CATALOGAÇÃO NA PUBLICAÇÃO
SINDICATO NACIONAL DOS EDITORES DE LIVROS, RJ

Barros, Daniel Martins de
O caso da menina sonhadora / Daniel Martins de Barros; ilustração Biry Sarkis. – 1. ed. – São Paulo: Panda Books, 2016. 88 pp. il.

ISBN 978-85-7888-611-0

1. Ficção infantojuvenil brasileira. I. Sarkis, Biry. II. Título.

16-34438   CDD: 028.5
         CDU: 087.5

2025
Todos os direitos reservados à Panda Books.
Um selo da Editora Original Ltda.
Rua Henrique Schaumann, 286, cj. 41
05413-010 – São Paulo – SP
Tel./Fax: (11) 3088-8444
edoriginal@pandabooks.com.br
www.pandabooks.com.br
Visite nosso Facebook, Instagram e Twitter.

Nenhuma parte desta publicação poderá ser reproduzida por qualquer meio ou forma sem a prévia autorização da Editora Original Ltda. A violação dos direitos autorais é crime estabelecido na Lei nº 9.610/98 e punido pelo artigo 184 do Código Penal.

Às minhas professoras Márcia, Mauren, Neusinha, Cida, Celina (*in memorian*), Marilena, Raquel, Joana, Damaris (*in memorian*), Graça e Clara, que não só me alfabetizaram, mas me ensinaram a ler. Se eu nunca disse obrigado, agradeço agora, dedicando a vocês uma obra na qual todas têm parte.

SUMÁRIO

Fadas e detetives — 7

Sonhar com dormir — 15

Anões e nós — 25

Os porquês dos porquinhos — 35

Alarme antilobo — 46

Migalhas de memória — 54

Ai, que nojento! — 64

Felizes para sempre — 77

Os bastidores da mente humana — 84

O autor — 87

FADAS E DETETIVES

Todas as noites Bárbara lia um livro antes de dormir. Claro que nem sempre lia um livro inteiro de uma vez – às vezes, passava semanas com a mesma história, porque caía no sono no meio da leitura. Era um hábito antigo, que havia começado quando Bárbara era bem pequena, época em que sua mãe lia contos de fadas à beira do seu berço para ela adormecer.

Depois de crescer e aprender a ler, a menina continuou com as histórias, mas agora as lia sozinha. E também não gostava mais tanto dos contos de fadas, aqueles que sua vó chamava de histórias da carochinha. A avó dizia que carochinha significava bruxa velha, como as que aparecem nessas histórias infantis. Mas como não era mais criancinha, Bárbara queria ler sobre outras coisas. Gostava mesmo era de histórias de detetive, livros de mistério, de aventura... estava meio enjoada das fadas.

Só que aquilo de dormir no meio da história, às vezes na parte mais interessante, deixava Bárbara intrigada. Não conseguia descobrir por que – bem na hora em que ia desvendar uma pista importante, ou exatamente quando o criminoso ia ser preso – ela caía no maior sono. Está certo que isso tinha um lado bom, já que em várias noites a aventura continuava nos seus sonhos, quando deixava de ser apenas leitora e se tornava também personagem, ajudando os detetives e espiões em suas peripécias. Mesmo assim, ela queria entender o porquê desse sono.

Então teve uma ideia. Um dos seus detetives preferidos se chamava Sherlock Holmes, o personagem mais inteligente que conhecia. Só de olhar para uma pessoa ele conseguia descobrir tudo sobre ela: se tinha filhos, onde morava e até sua profissão. Por isso, Bárbara decidiu procurá-lo: quem sabe Sherlock pudesse ajudá-la a resolver o misterioso caso do sono?

O plano era o seguinte: antes de dormir, Bárbara começaria a ler uma das aventuras do famoso detetive e ficaria lendo, lendo até ser pega pelo sono. Assim, ela achava que poderia encontrá-lo num dos seus sonhos e apresentar o seu caso a ele.

Na primeira noite em que tentou, ficou tão entretida com a esperteza de Sherlock que conseguiu terminar a história inteira antes de dormir. Ficou feliz por chegar até o final do conto, mas acabou um pouco frustrada porque não sonhou com o detetive.

"Não tem problema", pensou ao acordar. "Hoje à noite eu tento de novo."

Teve de tentar várias noites seguidas antes de conseguir.

Quando já estava perdendo as esperanças, numa noite em que se sentia tão cansada que mal aguentava manter os olhos abertos, Bárbara adormeceu no momento em que Sherlock estava para receber um novo cliente.

— Ouço passos na escada, Watson — disse ele a seu fiel companheiro, o médico John Watson, que anotava todos os casos. — Pode apostar que este será um caso que você terá grande interesse em escrever.

— E por que diz isso, Sherlock? — perguntou Watson.

Antes que ele pudesse responder, entrou nos seus aposentos uma garota de pijama, com cara de sono e bastante confusa. Era Bárbara. Funcionou! Lá estava ela, diante do grande Sherlock Holmes e de seu amigo Watson.

— Muito boa noite, senhorita Bárbara — começou o famoso detetive. — Pelo que vejo a senhorita não gosta mais dos contos de fadas, mas gosta muito de ler. Está em férias e, apesar de ser uma boa aluna e ter passado de ano sem dificuldade, tem uma dúvida que está tirando o seu sono e à qual seu irmão mais velho não soube responder.

— Isso mesmo... Como... como soube de tudo isso? — perguntou a garota, espantada.

— Elementar, minha cara Bárbara. Seu nome está escrito na corrente pendurada em seu pescoço, e sua cara de sono mostra que não tem dormido direito. Penso que isso deve ser por causa de uma dúvida, porque as pessoas só me procuram quando têm dúvidas. Pela hora atual, seu sonho deve ter começado de madrugada, o que significa que você demorou até altas horas para ir dormir, coisa que as mães responsáveis só deixam os filhos fazerem durante as férias. Como seu pijama está limpinho e muito bem-passado, vejo que sua mãe é responsável. Mas não é um pijama novo, você deve tê-lo herdado de alguém, e os dinossauros desenhados mostram ter sido de um menino — seu irmão mais velho, portanto. Você dormiu com um livro nas mãos, e só os bons alunos gostam tanto assim de ler, por isso sei que você não teve dificuldade para passar de ano. Observações simples para uma mente atenta — concluiu o detetive.

— Mas como sabe que eu não leio muitas histórias infantis? E que meu irmão não soube tirar a minha dúvida? — perguntou a menina, intrigada.

— Ora, porque se seu irmão a tivesse esclarecido, você não precisaria me procurar. E se ainda gostasse dos contos de fadas, teria ido consultar o Gênio da Lâmpada ou o Mágico de Oz, e não um detetive.

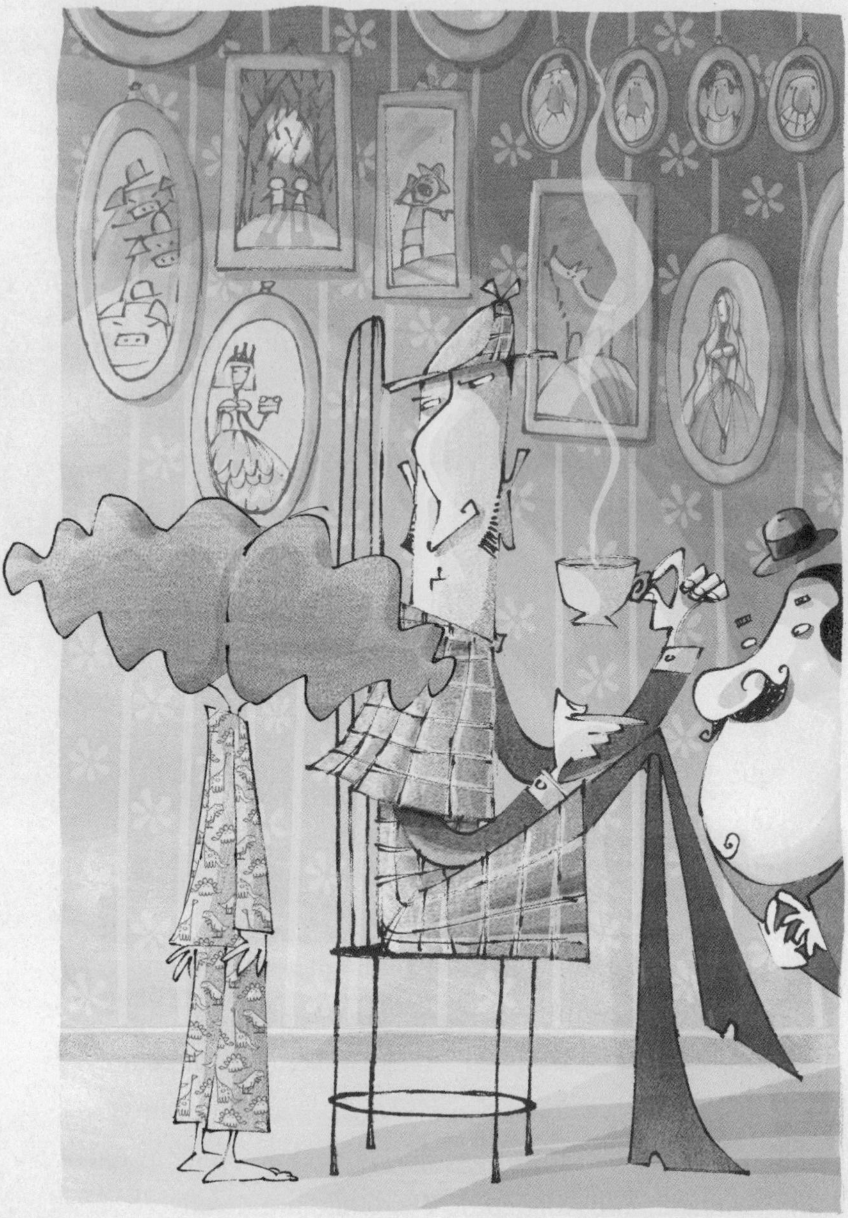

— Que legal! — Bárbara não se conteve. — É isso mesmo! Eu vim consultar o senhor para saber por que a gente tem sono, por que não consegue ficar acordado e cai no sono quando não quer.

— Quantas perguntas, menininha! Quer dizer então que você quer conhecer um pouco mais sobre a mente humana...

— Quem falou em mente? — questionou ela.

— Você, minha cara — respondeu Sherlock. — A sonolência, o sono e até os sonhos, tudo isso é produzido em nossa mente. É nela também que moram os medos, as memórias, a consciência, as emoções, nossa personalidade. No fundo, está tudo em nossa mente.

— Puxa, que divertido! — a garota sabia que seu irmão Arthur já tinha feito uma viagem por dentro do cérebro e pensou se ela seria capaz de explorar a mente. — Como vou entender tudo isso? — perguntou ansiosa.

— Confie em mim — tranquilizou-a Sherlock. — O cérebro e a mente são inseparáveis, mas podemos compreender um pouco de cada um separadamente, como você verá. A partir de amanhã à noite, antes de dormir, pegue aquele antigo livro de contos de fadas que sua mãe lia para você e volte a ler as histórias dele.

— Ah, mas eu não quero histórias da carochinha! Quero histórias de detetive, quero que o grande Sherlock Holmes me ajude! — protestou a menina.

— Eu sei bem disso, mocinha. Mas você precisará confiar em mim se quiser que eu a ajude.

Falando isso, Sherlock levantou-se e abriu a porta para Bárbara, mostrando que aquela conversa acabava ali mesmo. Entendendo o recado, ela se dirigiu para a porta com tanta má vontade que levou um tropeção no meio da escada que dava para a rua. Mas, na hora em que ia se esborrachar no chão, acordou dando um pulo, ainda assustada, na sua cama.

— Ufa! — suspirou aliviada. — Achei que ia cair da escada na casa do Sherlock Holmes! — Foi aí que se deu conta de que seu plano tinha funcionado. — Ai, que legal! Consegui conversar com o maior detetive do mundo e ele topou me ajudar!

Sonhar com dormir

Lembrando-se das orientações de Sherlock Holmes, ao cair da noite Bárbara pediu para a mãe encontrar o antigo livro de histórias infantis.

– Ah, sentiu saudade da carochinha, minha filha? – perguntou a mãe.

– Não é bem isso... – ela respondeu fazendo segredo, pois sabia que daria muito trabalho explicar.

Naquela mesma noite, Bárbara começou a ler os contos de fadas. Apesar de que o mais correto seria falar "recomeçou", não é? Afinal, ela já conhecia todos aqueles personagens de cor e salteado, só não tinha a menor ideia de como eles poderiam responder às suas perguntas. Mas resolveu que não ia discutir com Sherlock Holmes, então mergulhou na leitura.

A primeira história era "A Bela Adormecida". Um rei e uma rainha tiveram uma linda filhinha chamada Aurora. No dia de seu batizado, as fadas do reino presentearam o bebê com diversos dons, mas uma delas, que não havia sido convidada, lançou uma maldição: quando Aurora completasse 15 anos, espetaria o dedo num fuso de fiar e morreria. Felizmente, havia ainda uma última fada para dar seu presente à criança, e com sua magia ela conseguiu modificar a maldição: em vez de morrer, a princesa cairia num sono profundo durante cem anos.

Quando fez 15 anos, Aurora encontrou uma velha a fiar num quarto bem escondido do castelo e, ao se aproximar, espetou o dedo no fuso com que a senhora fiava. Essa velha, na verdade, era aquela mesma fada malvada do dia do batizado. A princesa sentiu o sono chegar e foi caindo devagar, só não desabando no chão porque Sherlock Holmes chegou bem a tempo de segurá-la.

– O quê? – espantou-se Bárbara. – O Sherlock não faz parte dessa história!

– Nem você! – disse ele. – Mas, mesmo assim, aqui estamos.

Foi então que ela percebeu o que tinha acontecido. Mais uma vez Bárbara havia pegado no sono enquanto lia, e agora tinha entrado na história "A Bela Adormecida", só que dessa vez acompanhada do Sherlock Holmes.

A princesa estava tonta, então o detetive a deitou na cama e chamou Bárbara para perto deles.

– Veja, Bárbara, a princesa Aurora está começando a adormecer. Será que ainda conseguimos falar com ela?

Bela Adormecida já tinha os olhos fechados, mas quando eles a chamaram pelo nome, ela os abriu com dificuldade, mal conseguindo falar.

– O sono está se aprofundando – disse o detetive. – Ela logo dormirá pra valer.

Quando isso aconteceu, nem falando bem alto eles conseguiram despertar a princesa. Ainda assim, quando Sherlock cutucou seu rosto de leve, com a ponta do cachimbo, Aurora se mexeu um pouco, bem pouco, na cama. Mas aí o sono se tornou muito profundo, e nem se a chacoalhassem, a moça se mexia mais.

– E agora, senhor Holmes, o que fazemos? – Bárbara estava um pouco aflita.

– Não precisa ficar ansiosa, garota. Você conhece a história: ainda vão se passar cem anos até que ela acorde.

– Mas não há nada que possamos fazer?

– Claro que há – respondeu o detetive com ar didático. – Aprender. É para isso que estamos aqui.

– Como assim? – Bárbara não entendia.

– A senhorita não disse que queria aprender sobre o sono? Pois então, você está diante de um exemplo completo.

– Hã?!

Sherlock Holmes passou então a mostrar à Bárbara como ela tinha acompanhado todas as fases do sono bem diante dos seus olhos:

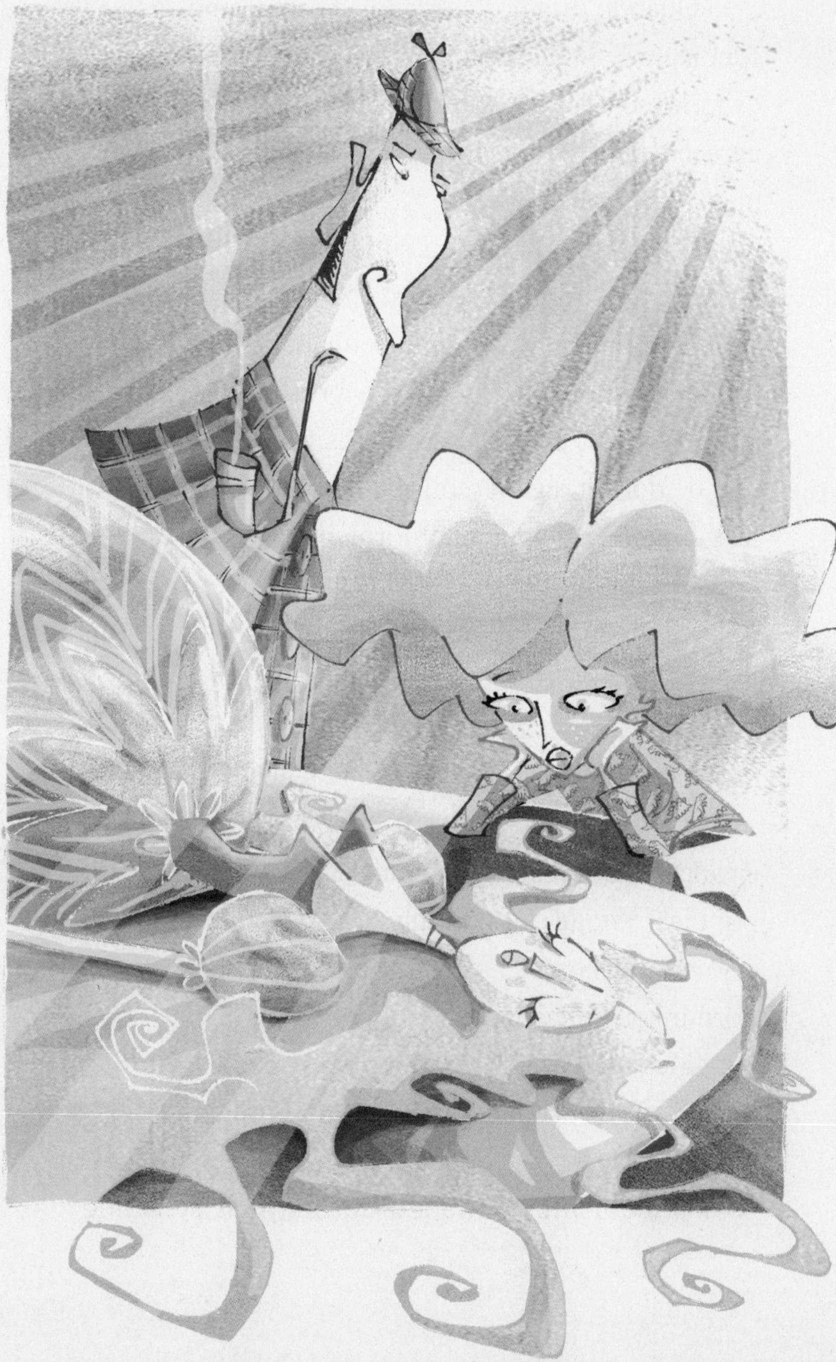

— Quando estamos cansados e começamos a ficar sonolentos, o raciocínio vai se tornando mais difícil, os movimentos vão ficando vagarosos e as pálpebras parecem que se tornam pesadas, fechando-se sozinhas – disse o detetive.

— É isso mesmo que eu sinto quando estou lendo à noite! – percebeu a menina.

— Foi o que aconteceu inicialmente com a princesa – continuou ele. – A mente precisa descansar, e depois de um período acordados, todos os animais têm de dormir algum tempo. Os hábitos são diferentes: existem pássaros que dormem várias vezes, por poucos segundos e em pleno voo, por exemplo, e mamíferos que passam meses sem acordar. Mas, de um jeito ou de outro, todos os bichos precisam reduzir a atividade mental de tempos em tempos. No caso dos seres humanos, quando somos bebês dormimos várias vezes por dia; com o tempo isso diminui: as crianças mais velhas dormem, em geral, duas vezes por dia – à noite e um soninho à tarde, por exemplo –, e ao nos tornarmos adultos normalmente passamos a dormir somente à noite.

— Mas meu avô é adulto e não dorme só de noite, não, ele vive cochilando – observou Bárbara.

— É verdade. Os idosos voltam a ter sono em diversos momentos ao longo do dia, mas somando tudo, dormem menos que as crianças ou que os adultos – Sherlock explicou fazendo uma de suas impressionantes imitações: num segundo, ele assumiu com perfeição a postura e a voz de um idoso, para espanto da menina.

Voltando ao normal, prosseguiu:

– O sono é dividido em várias fases. No começo ele é leve, e se tentamos acordar a pessoa que dorme, ela até consegue responder, como aconteceu com Aurora. Depois o corpo vai relaxando e o sono se torna mais profundo, ficando mais difícil acordar. Com uns bons cutucões, contudo, a pessoa ainda se mexe. Esse estágio do sono se divide em três etapas, cada uma mais profunda que a outra, mas nele ainda não há sonhos.

– Acho que a princesa estava nessa fase quando você a cutucou com o cachimbo – observou a garota.

– Bem notado, minha aprendiz de detetive. Por isso ela ainda se mexeu um pouco – concordou Sherlock. – Mais ou menos uma hora e meia depois começa a fase seguinte, e é nela que moram os sonhos. Os músculos ficam completamente relaxados e dá para perceber os olhos da pessoa se mexendo rapidamente de um lado para o outro.

– Veja, Sherlock, a Bela Adormecida está mexendo os olhos! – quase gritou Bárbara. – Ai, falei muito alto... será que ela vai acordar?

— Não, Bárbara, só daqui a cem anos, lembra? Além do mais, esse é o momento mais duro para acordar alguém. Veja que ela nem se move quando a tocamos – disse ele, novamente cutucando-a de leve com o cachimbo. No entanto, se pudéssemos despertá-la, provavelmente ela conseguiria nos dizer que estava sonhando.

O detetive disse ainda que depois de uns dez minutos o ciclo se reinicia e a pessoa volta a ficar com o sono leve – às vezes até dá umas acordadinhas –, passando pelas fases todas de novo até voltar a sonhar. Isso ocorre de quatro a cinco vezes por noite.

— Mas, então, por que Bela Adormecida não acorda? – quis saber Bárbara.

— Elementar. Porque estamos falando de um sono normal – esclareceu Sherlock –, mas o caso da princesa é diferente. No sono comum, por mais profundo que ele seja, a pessoa consegue acordar, mesmo que isso dê trabalho. Mas Aurora não acorda de jeito nenhum.

— Então ela está em coma? – diagnosticou a garota rapidamente.

— Bom, é um sono impossível de acordar, que irá durar muito tempo... Se não fosse um conto de fadas, a gente poderia chamar de coma, sim.

— E se a gente usasse um despertador para tentar acordá-la? – Bárbara sugeriu. Dizendo isso, a garota ligou perto de Bela Adormecida um alarme com um som bem alto. Tão alto que começou a incomodar ela mesma, até que, quando deu por si, estava na sua cama, ouvindo o despertador tocando ao seu lado.

– Não acredito! – exclamou. – O Sherlock Holmes me levou para conhecer a Bela Adormecida e me explicou direitinho como funciona o sono! Quem diria que eu poderia aprender tanto numa história da carochinha!

Bárbara ficou tão empolgada que nem ficou brava com o fim das férias. Ela não via a hora de ir dormir, só para ver o que aconteceria naquela noite. Quando chegou da escola, já queria começar a ler, mas sabia que não adiantaria nada, pois o importante era dormir no meio da leitura, e ela não estava cansada.

O pai e a mãe de Bárbara estranharam a disposição da menina em jantar cedo, tomar banho e querer ir rápido para cama.

– Que história é essa, minha filha? – quis saber seu pai. – Você nunca quer ir dormir cedo, por que cargas d'água essa correria para ir pra cama?

A mãe entrou na conversa:

– É isso mesmo. Também não estou entendendo. Ainda mais essa moda de voltar a ler contos de fadas... Aí tem, hein?

– Ai, ai. Já vão começar um interrogatório? – irritou-se a filha. – Não é nada de mais. Eu só estou aprendendo algumas coisinhas novas nas histórias velhas. Agora preciso ir – disse encerrando o assunto e correndo para a cama.

ANÕES

E NÓS

A história seguinte do velho livro era "Branca de Neve e os sete anões". Bárbara começou a ler apenas por obediência ao método que combinara com Sherlock, porque no fundo sabia de cabeça o conto inteiro: Branca de Neve tinha uma madrasta que era má e muito vaidosa. Ela era bonita, e seu espelho mágico sempre dizia que era a mulher mais bela do reino. Quando Branca de Neve cresceu, superou a madrasta em beleza, despertando sua inveja. A rainha má mandou o caçador matar a jovem, mas com dó, ele a deixou fugir para a floresta, onde a princesa acabou na casa dos sete anões.

Essa era uma parte divertida da história, porque cada anãozinho tinha características bem engraçadas. No livro que Bárbara estava lendo, os sete eram Soneca, Dengoso, Feliz, Atchim, Mestre, Zangado e Dunga.

O primeiro, Soneca, era aquele que vivia com sono — seus olhos estavam sempre pesados, meio abertos e meio fechados, e toda hora ele cochilava, deixando a cabeça cair.

– Parece aquela primeira fase do sono que vi na história "A Bela Adormecida"! – lembrou-se Bárbara. Os olhos fechando por conta própria, o raciocínio lento, a cabeça pesando. Sem perceber, quanto mais pensava na sonolência, mais cansada ela própria se sentia, até que se deitou no travesseiro um pouquinho para descansar os olhos. Quando os abriu novamente, estava deitada ao lado de uma mulher e cercada por sete homens pequeninos encarando-a assustados.

– Não acredito! – resmungou mal-humorado um deles. – Mais uma menina dormindo em nossa cabana. Agora isso vai virar moda?

– Calma, Zangado – disse o que parecia ser o mais velho deles, o de óculos. – Nós nem sabemos quem ela é.

– E quem são vocês? – perguntou a garota, ainda confusa.

– Elementar, minha cara Bárbara – ela ouviu uma voz conhecida vinda de fora da cabana. – Conheça os sete anões! – completou Sherlock, aparecendo na janela. – E ao seu lado, Branca de Neve, ainda sob efeito da maçã envenenada, à espera de seu príncipe.

Só nesse momento ela entendeu que estava novamente sonhando e que dessa vez entrara no conto "Branca de Neve e os sete anões", junto com o detetive.

– Sherlock, que bom te ver! – disse ela. – Não estava entendendo nada.

— Nós é que não estamos entendendo nada, ora bolas — disse Zangado. — O que vocês estão fazendo por aqui? Vão deixar mais uma mulher para a gente cuidar, é?

— *Atchim! Snif, snif...* Deixe de ser ranzinza, Zangado! *Atchim!* — nem era preciso dizer que esse era o Atchim, aquele que vivia espirrando.

— É mesmo! É tão bom ter mais gente por aqui! Quanto mais, melhor! Hahaha! — celebrou Feliz.

— Calma, calma, senhores — ponderou o Mestre. — Pode ser bom ter gente por perto, mas precisamos saber o que essas pessoas querem.

— Perfeitamente, meu bom Mestre — concordou Sherlock. — Meu nome é Holmes, Sherlock Holmes — apresentou-se ele à maneira dos ingleses. — E eu vim até aqui com a pequena Bárbara para que ela entenda um pouco sobre o que é personalidade.

— Gente famosa? — perguntou ela.

— Por favor, deixe-me prosseguir — ralhou ele, parecendo-se com o Zangado nessa hora. — Personalidade não quer dizer apenas celebridade. A nossa personalidade é aquilo que nos define, são as nossas características pessoais.

— É o nosso jeito de ser? — Bárbara não se aguentou e interrompeu novamente o detetive.

— Desta vez eu perdoo a sua interrupção, mas só porque você está corretíssima, mocinha — relevou ele.

— O nosso jeito de ser, a forma como vemos as coisas, aquela maneira que temos de nos relacionar com as pessoas — tudo isso é fruto da nossa personalidade.

— O Zangado, por exemplo, vive reclamando de tudo — apontou o Mestre.

— Correto mais uma vez, meu pequeno senhor — Sherlock continuou. — A personalidade é um conjunto de características, e esse conjunto é formado por nosso temperamento e pelo nosso caráter.

— Hã? — ouviu-se uma vozinha bem baixa, quase um sussurro, vinda de um anão escondido atrás dos outros. Era o Dengoso que, tímido demais para fazer uma pergunta, deixara escapar apenas aquele "Hã?".

— Por sua postura corporal, as mãos para trás, o olhar para baixo, escondido, deduzo que você seja o Dengoso — acertou Sherlock. — Pois veja o seu caso, meu tímido amigo. Seu temperamento é assim por causa de uma espécie de ansiedade, sabia disso? A timidez é exatamente isto: um excesso de insegurança no relacionamento com os outros.

Dengoso ficou corado ao ouvir aquilo.

— Mas a personalidade não é feita só de temperamento. Temos também o chamado caráter, como eu dizia. Seu trabalho é ajustar o nosso temperamento. No seu caso, por exemplo, a timidez não o impediu de superar a vergonha e de interagir com seus bons amigos, cantar e dançar junto com eles e assim por diante.

— Mas ele fez muito esforço para isso, e nós também o ajudamos — disse o Mestre.

— Mais uma vez acertou na mosca, Mestre! — o detetive estava gostando daquele sábio anão. — Nós nascemos com determinadas características, por isso o temperamento já aparece desde bebê. Mas o caráter é construído ao longo do tempo. Depende daquilo que aprendemos enquanto estamos crescendo, da forma como as pessoas lidam com a gente, de tudo o que passamos ao longo da vida.

— Mas espere um pouco, senhor detetive sabichão — Zangado não parecia nem um pouco satisfeito. — Como é possível, então, que numa mesma situação o meu companheiro Feliz, ali, ache que está tudo bem, enquanto eu só vejo problemas?

— Hahaha, é isso mesmo! — riu Feliz.

— Isso acontece porque os seus temperamentos são diferentes, meu zangado Zangado. No seu temperamento existe mais espaço para as emoções negativas, como tristeza, preocupação e raiva, enquanto no temperamento do nosso contagiante Feliz há mais emoções positivas, como alegria, esperança e tranquilidade. E isso influencia o modo como vemos as coisas.

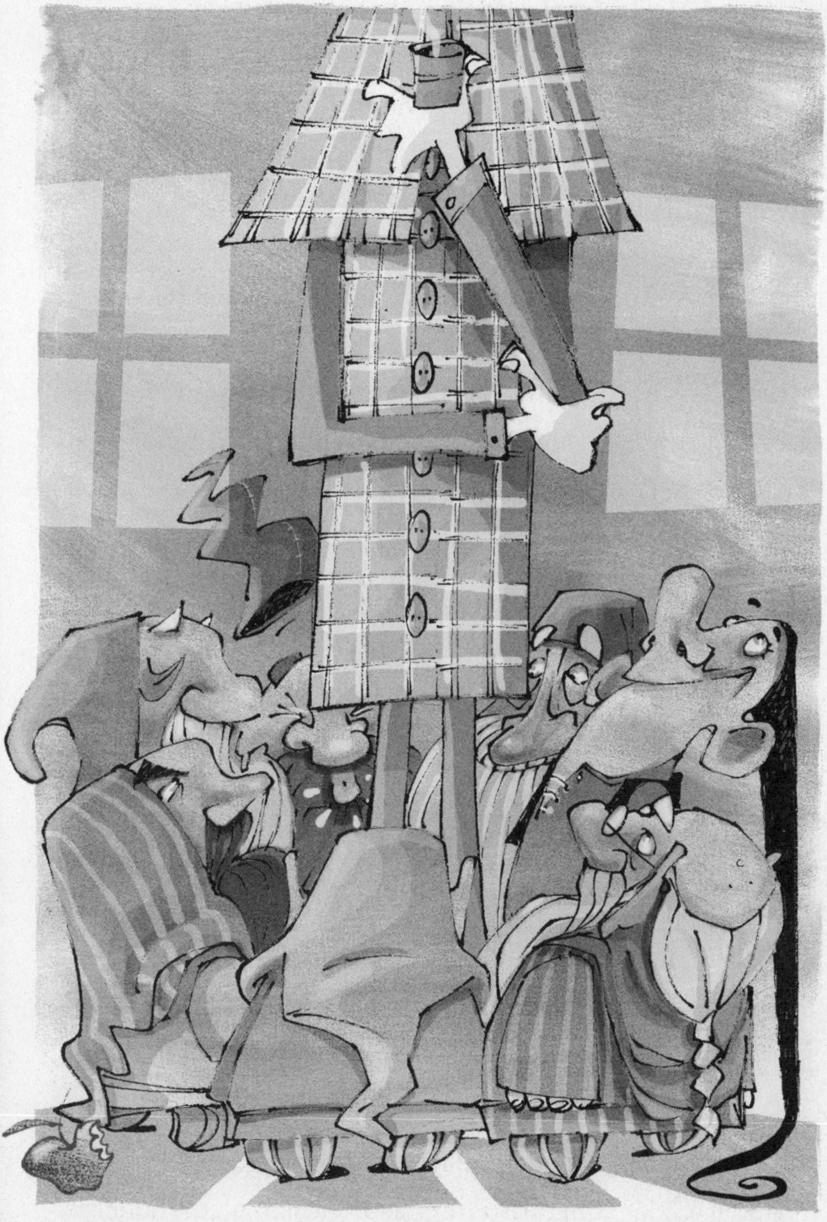

— O Mestre, que já tem muitos anos de vida e bastante experiência — elogiou o detetive —, desenvolveu um excelente caráter. O caráter reúne habilidades que nos ajudam a controlar nosso comportamento e a cooperar com os outros, por exemplo, e pode se aprimorar com o tempo.

Nessa hora, Sherlock sentiu alguém puxando seu velho sobretudo, do qual nunca se separava. Olhou para baixo e viu um anão com jeito de menino, sorrindo para ele e pulando, tentando agarrar o seu cachimbo e derrubando as cadeiras em volta.

Passando a mão em sua cabeça, o detetive deduziu que aquele era o Dunga.

— Veja o caso deste rapazinho aqui — apontou para Dunga. — Ele ainda é novo e, embora aparente ter um temperamento com afetos positivos, é evidente que ainda tem muito a aprender sobre autocontrole, não é mesmo? — perguntou ele enquanto agarrava Dunga no meio de um de seus pulos, impedindo que ele se esborrachasse no chão.

— Mas é possível fazer isso, Sherlock? — Mestre perguntou, já pensando em dar um jeito nas trapalhadas de Dunga.

— Esse é o papel da educação que recebemos ao longo da vida, Mestre. Ela forma nosso caráter ao nos ajudar a lidar com nossos impulsos, nossos afetos bons e ruins, levando em conta os sentimentos dos outros. Ou não é isso o que você mesmo tenta fazer todos os dias com seus pequenos companheiros?

– Desta vez foi você que acertou, Sherlock Holmes – cumprimentou o anão.

Bárbara, que ouvia tudo com muita atenção, pensou nela mesma. Nem bem tinha chegado a alguma conclusão, Holmes adivinhou seus pensamentos:

– Isso mesmo, Bárbara. Em seu temperamento há muita curiosidade e seu caráter ainda está sendo formado, o que significa que sua personalidade não está pronta.

– Credo, Sherlock, como você soube o que eu estava pensando? – assustou-se ela.

– Elementar, curiosa menina. Você começou a coçar a cabeça e a enrugar a testa, como se estivesse pensando numa coisa complicada. Como estamos falando de personalidade, concluí que estava pensando nisso. Depois, você olhou para todos os anões, como se estivesse estudando suas personalidades, e finalmente olhou para baixo, como se quisesse ver dentro de você – ou seja, queria pensar sobre seu temperamento e caráter.

– Até aqui, tudo certo! – confirmou ela, espantada.

– Como sempre, minha cara – o temperamento de Sherlock era mesmo muito confiante. – E como foi sua curiosidade que nos lançou nessa jornada, deve ter pensado nela como uma característica importante de seu temperamento. Mas, sendo esperta, já entendeu que o caráter é moldado ao longo da vida toda e concluiu que sua personalidade ainda está em formação. Foi quando você sorriu aliviada e eu comecei a falar.

Sherlock Holmes falou por tanto tempo que Bárbara começou a ficar com sono novamente. Ela estava sentada à mesa, junto com alguns dos anões, com o queixo apoiado nas mãos. Por um breve momento, fechou os olhos e, então, sem querer, cochilou. Acordou assustada ao ouvir um espirro e olhou em volta procurando pelo Atchim, mas se deu conta de que havia despertado do seu sonho e estava mais uma vez na sua cama, ouvindo os espirros do irmão, que havia pegado uma gripe. Lamentou não ter se despedido dos anões nem do amigo detetive.

– Que pena – disse para si mesma. – Tudo bem, fica para outro dia. Ou outra noite...

OS PORQUÊS
DOS PORQUINHOS

Naquela manhã, Bárbara não estava se sentindo muito bem. Achou que era por não ter descansado à noite, por causa do seu movimentado sono, mas depois percebeu que não era só isso: além de estar se sentindo meio cansada, estava com dor no corpo todo. Logo a mãe viu que ela também estava ficando gripada e decidiu não mandá-la para a escola.

– Mas não pense que vai ficar só na moleza, hein? – disse a mãe. – Você não irá à escola, mas vai aproveitar para adiantar toda a lição de casa.

– Ah, mãe... – reclamou ela, que já estava querendo passar o dia todo lendo.

– Não tem A, nem B, nem o alfabeto inteiro – a mãe estava decidida.

Havia bastante lição a ser feita, então a menina decidiu começar de manhã para se livrar logo da obrigação. Tentou fazer bem rápido, sem nem prestar muita atenção, para terminar bem depressa. Assim, em pouco tempo tinha feito tudo.

– Terminei! – disse passando pela mãe em direção ao seu quarto, carregando nas mãos o livro de histórias.

– Já? – a mãe estranhou. – Mostre para mim.

Bárbara levou-lhe os cadernos e, na primeira olhada, a mãe viu que havia um monte de erros. Além disso, a letra da menina não estava nada bonita...

– Que coisa feia, filha, fazer a tarefa assim, de qualquer jeito – ralhou a mãe. – Você achou que ia terminar logo, mas agora vai ter mais trabalho, está vendo? Terá que corrigir tudo!

A garota ficou muito contrariada. Ela tinha corrido com a lição justamente porque queria ficar de folga rápido e agora ia gastar a manhã inteira naquilo.

"Era melhor ter caprichado logo na primeira vez", pensou consigo mesma.

Para não correr o risco de ter problemas de novo, Bárbara passou o resto da manhã em cima da lição, caprichando pra valer, e terminou de refazê-la somente na hora do almoço. Em compensação, depois de comer teria a tarde toda livre para fazer o que quisesse – e o que ela queria era continuar lendo os contos de fadas.

Depois de se alimentar e tomar os remédios, foi para a cama repousar, como a mãe havia recomendado, e levou o livro de histórias debaixo do braço.

A história seguinte, "Os três porquinhos", era curtinha, o que caía bem para aquele descanso da tarde.

* * *

Três porquinhos estavam crescendo e decidiram sair da casa de seus pais e ir morar sozinhos. Para isso, eles precisavam construir suas próprias casas, já que havia nas redondezas um lobo mau que vivia tentando devorar os porcos. O primeiro porquinho era preguiçoso, não queria gastar muito tempo naquilo, pois desejava ir brincar logo. Decidiu, portanto, fazer sua casa de palha, que não dava trabalho, mesmo com os irmãos avisando que não seria uma cabana segura. O segundo decidiu caprichar um pouquinho mais e fez a casa de madeira. O mais velho, contudo, avisou que aquele também não era um material muito forte e construiu sua própria casa de tijolos, mesmo gastando muito mais tempo nisso que os irmãos. Enquanto ele trabalhava, os dois brincavam e riam dele.

Nessa altura da história, Bárbara começou a sentir uma ventania, como se a janela estivesse aberta. Ao se levantar para fechá-la, viu que não estava mais em seu quarto, mas na cabana de palha do primeiro porquinho, que lutava para manter a porta fechada. Ela tinha caído no sono de novo e estava, agora, no meio da história "Os três porquinhos".

– O que está acontecendo? Que ventania é essa? – perguntou ao dono da casa.

– É o lobo! – gritou ele, assustado demais para estranhar a presença da menina em sua cabana. – Ele

está tentando derrubar a minha casa com seu sopro.
Mal ele terminou de falar e as paredes de palha voaram para todos os lados. Sem saber o que fazer, Bárbara foi atrás do porquinho, que corria em disparada na direção da casa de madeira.
– Abra, abra! – berrou ele. – O lobo está atrás de nós.
A porta da casa de madeira se abriu por um breve momento, quase não dando tempo para que a menina entrasse também.
O lobo parou na porta e bateu, ameaçando:
– Deixem-me entrar!
– Não, você quer nos comer! – responderam os três lá de dentro.
– Então eu vou assoprar e assoprar até derrubar estas paredes!
Dizendo isso, o lobo passou a assoprar a casa de madeira com toda a sua força. Os porquinhos tentaram segurar a porta, enquanto Bárbara segurava uma das paredes, mas não teve jeito: a casa toda veio abaixo. Novamente, foi aquela correria, lobo atrás de porcos, atrás de menina, até que chegaram todos à casa de tijolos. O terceiro porquinho já estava preparado para recebê-los e, assim que se aproximaram, abriu a porta para eles, fechando-a logo após a passagem dos dois porquinhos e de Bárbara.

— Obrigado! — disseram todos, aliviados.

— Mas como você sabia que estávamos vindo para cá, fugindo do lobo? — perguntou um dos irmãos.

— Elementar, meu caro suíno — uma voz se apressou a responder antes mesmo do dono da casa. — Eu o avisei.

— Sherlock Holmes! — exclamou Bárbara. — Você estava aqui o tempo todo?

— Claro, garotinha. Esta é a casa mais segura das três, por que eu estaria nas outras?

— Mas por que não me trouxe com você? — indignou-se ela.

— Como vou saber? O sonho é seu — despistou o detetive.

Enquanto isso, o lobo batia do lado de fora, tentando convencer os porquinhos a deixá-lo entrar. Mas eles, seguros que estavam na casa de tijolos, nem lhe davam bola, tentando entender o que raios Sherlock e Bárbara estavam fazendo ali.

— Vamos entender como tomamos nossas decisões — explicou Sherlock.

— Aqui? — a menina não entendeu.

— Claro, minha iniciante leitora. Afinal, cada um dos porquinhos decidiu fazer uma coisa diferente, e essa diferença pode ser explicada pela nossa mente.

— Como é? — interrompeu o primeiro porquinho.

— É o que estou tentando começar a explicar — irritou-se o detetive, que definitivamente não gostava de ser interrompido. — Quando nós tomamos uma decisão, estamos escolhendo entre diversas alternativas possíveis. Vocês, porquinhos, por exemplo, tinham de escolher com qual material construir suas casas, dentre todos os materiais possíveis.

— Eu escolhi a palha — interrompeu novamente o primeiro porquinho. — É tão levinha... Mas depois quase acabei devorado pelo lobo mau.

— Já eu escolhi o tijolo — lembrou o terceiro porquinho. — Deu muito trabalho construir a casa, mas só estamos a salvo, agora, por minha causa.

— Vejam só que interessante — Holmes retomou a palavra. — As nossas decisões têm dois tipos de resultados, que chamamos de consequências: as consequências imediatas, que acontecem na hora, e as tardias ou de longo prazo, que vão demorar para acontecer.

— Não entendi muito bem... — confundiu-se Bárbara.

— Por exemplo: construir uma casa de palha tem como resultado imediato fazer menos força, certo? Só que, mais para a frente, a consequência de longo prazo, ou tardia, é que a casa não resiste a um sopro de lobo.

— Eu avisei! — justificou-se o terceiro porco.

— Sim, meu nobre porco — continuou Sherlock. — Mas sua escolha também teve consequências imediatas e tardias. Quando decidiu construir sua casa de tijolo, teve muito mais trabalho que seus irmãos; ou seja, a consequência imediata foi ficar mais cansado, trabalhar mais, não poder brincar.

– Mas fiquei mais seguro – completou o porquinho, que ouvia o lobo ainda tentando invadir o seu lar.

– Exato. E essa foi a consequência tardia – completou o detetive. – Quando somos crianças, nós temos muita dificuldade de pensar no longo prazo e só vemos os resultados imediatos do que fazemos: por exemplo, as crianças não conseguem entender que precisam fazer lição de casa para aprender a matéria que será usada no futuro. Então, reclamam de ter que trocar as brincadeiras pelos cadernos, sem perceber que a troca será melhor para elas depois.

Bárbara enrubesceu, achando que ele estava se referindo a ela. Sherlock prosseguiu:

– Conforme envelhecemos, vamos adquirindo experiência e somos capazes de pensar no futuro das nossas decisões. O porquinho mais novo só pensou no momento, enquanto o mais velho conseguiu pensar no amanhã.

– Eu me lembrei do Dunga e do Mestre – disse a menina referindo-se aos anões. – O Dunga, meio criança, era impulsivo, enquanto o experiente Mestre era todo reflexão.

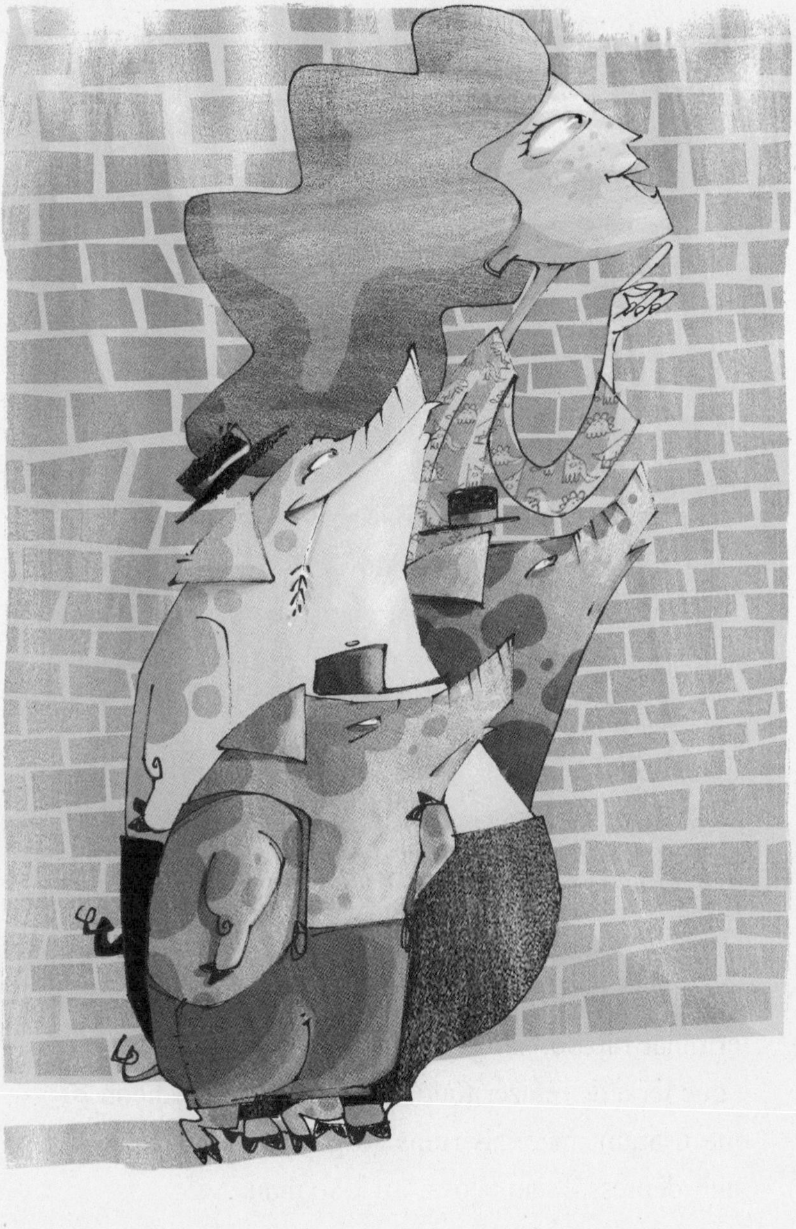

— Bem lembrado — disse Sherlock, que então parou de falar por um momento, pedindo silêncio a todos. — Ouçam, agora, as consequências.

Eles ficaram quietos e puderam ouvir o lobo ainda soprando, sem conseguir mexer um tijolo sequer.

— O mais interessante é que mesmo quando nos tornamos adultos ainda podemos ter dificuldade em tomar uma decisão levando em conta as consequências tardias de nossos atos. Ainda mais quando a emoção entra em cena.

— Já sei! — interrompeu Bárbara. — Minha mãe vive querendo emagrecer, dizendo que não vai mais tomar sorvete. Mas ela adora chocolate e, quando eu apareço tomando um sorvete de chocolate, ela acaba caindo na tentação.

— Perfeito, apesar da interrupção — elogiou e reclamou o detetive. — Movida pela emoção, pensando no prazer do chocolate, que é uma consequência imediata, sua mãe se esquece das consequências de longo prazo, como engordar, e toma o sorvete.

Bárbara ficou pensando na lição de casa. Querendo terminar rápido, não previu que a lição sairia malfeita e que teria de refazer tudo. Ela parecia os porquinhos que usaram materiais ruins só para poder ir brincar mais depressa, sem pensar no lobo mau.

O lobo continuava por ali e tentou invadir a casa pela chaminé. Percebendo isso, os porquinhos acenderam a lareira e colocaram um caldeirão de água para ferver sobre o fogo. Quando finalmente conseguiu descer pela chaminé, o lobo caiu dentro da água fervente e, com o susto e a dor que sentiu, saiu correndo e gritando.

– Ai, ai, ai... – Bárbara ouvia os gritos. – Ai, ai, ai...

Mas, em vez de se afastarem, os gritos pareciam cada vez mais altos, bem perto dela...

– Ai, ai, ai!

Ela abriu os olhos e deu de cara com sua mãe:

– Ai, ai, ai, mocinha, dormiu com o livro no rosto de novo?

Só então Bárbara percebeu que tinha acordado de mais um sonho. Na verdade, dessa vez foi quase um pesadelo, de tão perto que o lobo chegou dela.

ALARME ANTILOBO

T endo dormido de tarde, Bárbara achou que leria várias histórias até pegar no sono à noite, mas estava enganada.

A história seguinte era "Pedrinho e o lobo". A garota deitou-se para reler a fábula do menino que, entediado com seu trabalho de pastorear ovelhas, divertia-se gritando por socorro, fingindo que um lobo estava atacando o seu rebanho. Mas sempre que os camponeses chegavam, Pedrinho caía na risada ao ver a cara de susto dos adultos.

Bárbara não gostou muito de ler tão cedo outra história com o lobo. Ela ainda estava assustada com a experiência que teve naquela tarde com "Os três porquinhos". Só ficava um pouco mais tranquila nesta outra história porque o tal Pedrinho estava mentindo, não havia lobo algum! Mal tinha pensado isso, quando, de repente, sentiu um arrepio subir pela sua espinha e seu coração disparou sem ela saber por quê. No segundo seguinte percebeu o lobo vindo em sua direção.

– Ahá! – disse ele para Bárbara. – Não te peguei na casa de tijolos, mas agora agarro você neste pasto.

A menina saiu correndo. Compreendeu que havia caído no sono e entrado na história bem na hora em que o lobo de verdade aparecia.

— Lobo! Lobo! — gritou ela, correndo em direção ao Pedrinho.

Ao ver o que ocorria, o menino tomou-a pela mão e tentou chamar ajuda:

— Socorro! Um lobo! — gritou por alguém.

Mas todos já estavam cansados de ser enganados pelo menino. As pessoas nem se deram ao trabalho de ir olhar, achando que se tratava de mais uma mentira de Pedrinho.

Eles continuaram fugindo sem olhar para trás, até que ouviram um som alto na vegetação ali perto, seguido pelo ganido do lobo. Quando se voltaram, viram o animal preso pelas patas, pendurado em uma árvore, resmungando, e ao lado do lobo estava Sherlock Holmes.

— Sherlock! — Bárbara ficou feliz em vê-lo. — Você prendeu o lobo numa armadilha!

— Mas por que ninguém veio nos ajudar? — reclamou Pedrinho.

— Elementar, mentiroso pastorzinho — disse Sherlock. — Depois de tanto enganar as pessoas, elas não acreditam mais em você.

— Mas dessa vez era verdade...

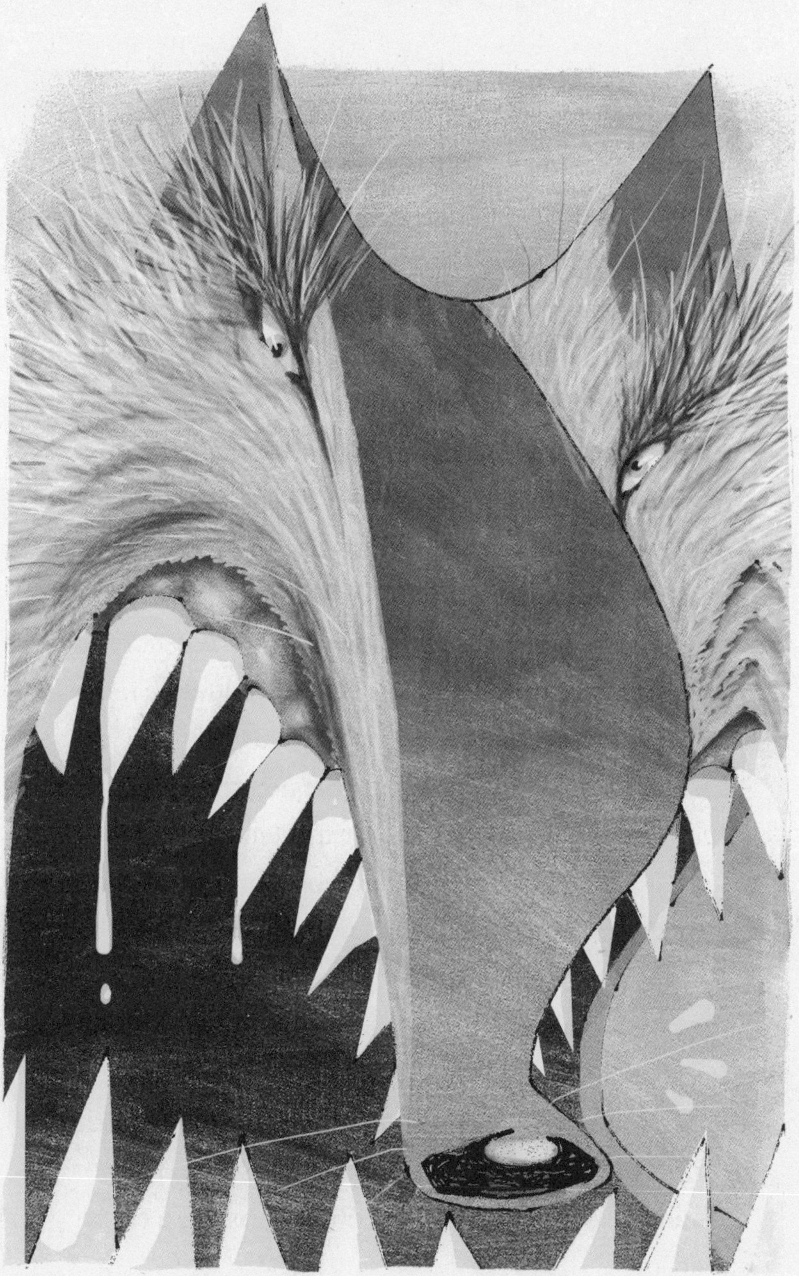

— Sim, mas como os camponeses não viram a ameaça, não tiveram seus alarmes acionados.

— O quê?! — perguntaram os dois ao mesmo tempo, sem entender nada.

— É isso que viemos aprender nesta história: como ficamos com medo — explicou o detetive. — Todos os animais possuem uma espécie de sistema de alarme, que é acionado em caso de perigo. Quando uma ameaça é detectada, antes mesmo de termos consciência do que está acontecendo, o corpo já está se preparando para enfrentar o perigo ou sair correndo.

— Foi o que aconteceu comigo — lembrou Bárbara. — Quando eu vim parar nesta história, não entendi por que meu coração disparou, até ver o lobão atrás de mim.

— Exatamente, assustada garota — divertiu-se Holmes. — O medo tem dois caminhos: no primeiro, mais rápido e inconsciente, o organismo tem uma reação automática, com a liberação de hormônios — como a adrenalina — que nos deixam prontos para fugir ou lutar. Por isso ela é chamada de reação de fuga ou luta. O coração acelera, garantindo que o sangue circule com eficiência. A respiração também fica mais rápida, para que não falte oxigênio ao corpo. A pele pode ficar pálida e fria, porque o sangue é desviado para os músculos. Estes ficam tensos, preparados para entrar em ação.

— Tudo isso aconteceu comigo! — disse Pedrinho. — Mas eu já tinha visto o lobo.

— Sim, apressado garoto — continuou o detetive. — É porque o segundo caminho do medo, que nos dá a consciência do que está acontecendo, que traz a capacidade de refletir se vamos fugir ou se vamos lutar (ou se era apenas um vulto passando), ocorre apenas pouquíssimos instantes depois da primeira reação. Esse intervalo é tão pequeno que na maioria das vezes nem percebemos que existem dois medos em vez de um só. Esse alarme pode disparar por vários motivos: algo que nós vemos, um barulho que ouvimos e até coisas que imaginamos. Quando você começou a enganar os camponeses, gritando que havia um lobo por perto, eles também tiveram essas reações, mesmo sem ver nem ouvir o animal, só de imaginar o que poderia estar acontecendo por aqui.

— Hahaha! — riu Pedrinho. — É por isso que eles chegavam aqui com aqueles olhos arregalados e brancos de susto? Mas não tinha lobo nenhum, por isso eu achava tão engraçado.

— Mas eles não viam graça nenhuma — enfezou--se Bárbara.

— Não mesmo — completou Sherlock. — Isso porque essa reação nos deixa muito tensos, e descobrir que foi uma brincadeira de mau gosto pode fazer essa tensão se transformar em raiva. Por isso eles ficavam tão bravos.

— Mas hoje eles não vieram nos socorrer — indignou-se o pastorzinho.

— Claro que não — disse o detetive. — Por dois motivos: em primeiro lugar, depois de tanto mentir, ficou difícil acreditar que você poderia falar a verdade em algum momento. Além disso, o nosso sistema de alarme pode se acostumar com os perigos. Quando a gente teme alguma coisa e dá de cara com aquilo, ficamos com medo e o sistema de alarme dispara com toda a força. Mas, se em vez de fugir, nós insistimos, a cada vez que enfrentamos o medo ganhamos mais coragem, porque o alarme interno vai se acostumando.

— Ah, foi assim com o meu medo de escuro! — confessou Bárbara. — Quando eu era pequena, tinha muito medo da escuridão: meu coração acelerava e eu tremia toda. Mas, devagarzinho, eu fui enfrentando o medo e me acostumando com o escuro. Hoje não tenho medo algum!

— Perfeitamente, audaciosa Bárbara — comemorou Sherlock. — Quando percebemos que não existe ameaça ou perigo, o alarme para de entrar em ação. Foi o que aconteceu com o povo da vila, que passou a acreditar que não havia perigo de verdade rondando

Pedrinho. Como eles não se assustavam mais, não vieram socorrê-lo.

Nesse momento, todos ouviram mais um barulho de vegetação e, assustados, olharam para trás. O lobo tinha escapado da armadilha e ninguém sabia onde ele estava: podia ter fugido para a floresta ou estar escondido, esperando para atacar novamente. Só de pensar nisso o coração de Bárbara disparou e ela tentou sair correndo. Tentou sair correndo, mas... não conseguiu se mexer!

Aflita, quanto mais fazia força para sair do lugar, mais presa ela se sentia, até que deu um pulo na cama e acordou. Ela estava toda enrolada no lençol, sentindo-se presa numa armadilha.

– Ai, que alívio! – suspirou, acalmando-se. – Eu que não quero mais encontrar lobos por aí.

MIGALHAS DE MEMÓRIA

Na manhã seguinte, Bárbara acordou melhor da gripe e já pôde voltar às aulas. Na verdade, ela até gostou, porque ficar o tempo todo em casa era meio chato – não tinha amigas para conversar nem as brincadeiras divertidas do recreio. Por isso, foi feliz da vida para a escola.

Quando voltou para casa, no entanto, a menina parecia preocupada.

– O que houve, minha filha? – quis saber sua mãe.

– Ah, fiquei chateada – respondeu Bárbara. – Eu me esqueci de levar o trabalho que era para entregar hoje. A professora foi boazinha e me deixou entregar amanhã; ela disse que eu devia estar distraída por ter ficado em casa o dia todo, gripada. Mas eu não queria ter esquecido.

– Tudo bem, filha – consolou-a a mãe. – Nós não devemos nos esquecer dos compromissos, mas às vezes isso pode acontecer. Da próxima vez você presta mais atenção.

Bárbara passou o resto do dia intrigada com aquilo. Por que será que nós nos esquecemos de algumas coisas e de outras não? Será que haveria uma explicação para isso?

De uma coisa ela não esquecia mais: sempre que a noite chegava, lembrava-se de ler uma história da carochinha antes de dormir.

— Hum, hoje é dia da história "João e Maria"! — alegrou-se. Ela adorava aquela história.

João e Maria eram duas crianças que moravam com o pai e a madrasta numa cabana. Certo dia, a madrasta convenceu o pai a abandoná-las no meio da floresta porque não haveria comida para todos. Descobrindo o plano, João encheu o bolso de pedrinhas e, na manhã seguinte, conforme foram andando floresta adentro, ele foi marcando o caminho jogando as pedrinhas pelo chão. Assim, mesmo sendo deixados longe de casa pelo pai, ele e a irmã conseguiram encontrar o caminho de volta, seguindo o rastro de pedras. A madrasta não desistiu e, no outro dia, levou-os novamente. Dessa vez, João não tinha mais pedrinhas, apenas um pedaço de pão. Ao longo do caminho, ele foi deixando as migalhas para se lembrar de como voltar, mas quando precisaram retornar, os passarinhos haviam comido as migalhas, e com isso ele e a irmã ficaram perdidos na floresta. Depois de muito caminharem, avistaram uma cabana feita de doces e foram para lá.

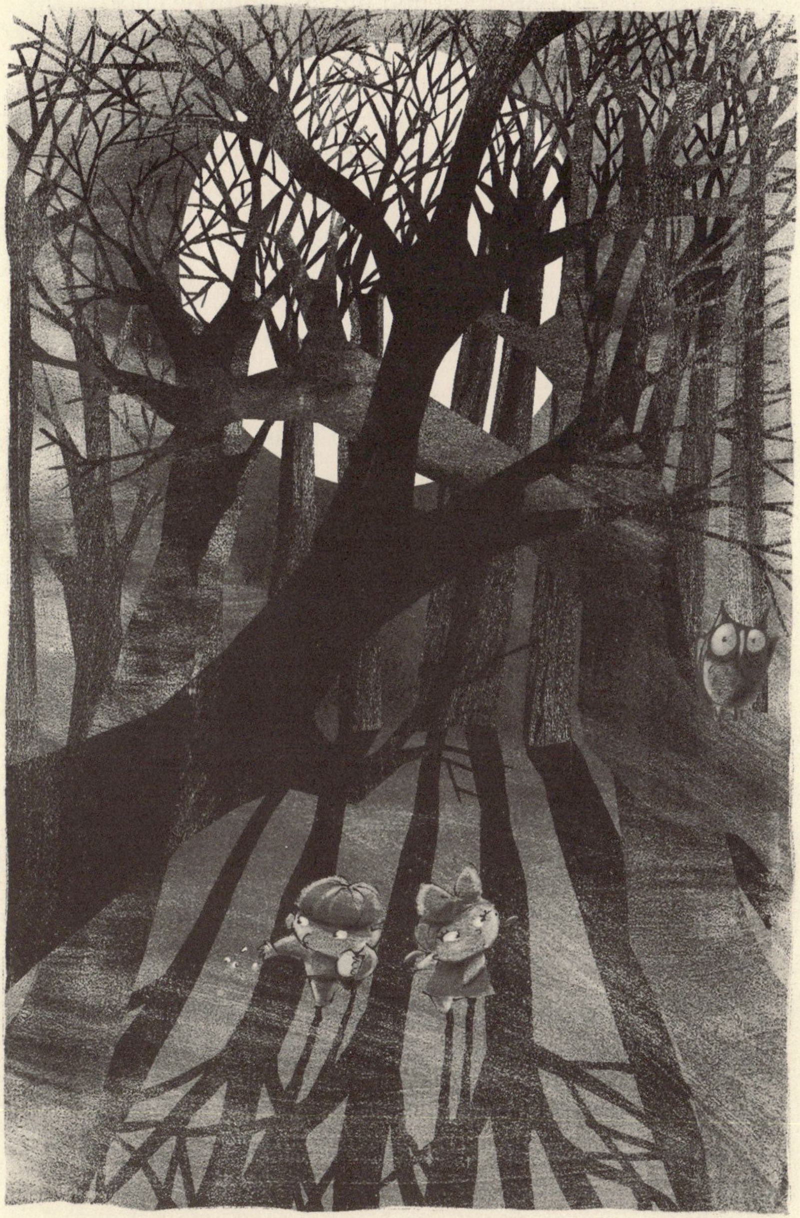

Nessa altura, Bárbara sentiu um cheirinho de chocolate. Achou que ele vinha do copo de leite que tomara antes de dormir e que estava ao lado de sua cama, mas quando se virou para pegá-lo, olhou para as paredes e viu que elas estavam marrons, como se fossem feitas de chocolate. Percebeu, então, que havia entrado na cabana de doces do conto de fadas. À sua frente, viu Sherlock Holmes, que chupava tranquilamente uma maçaneta de porta feita de café, como se ela fosse um pirulito.

– Olá, sonhadora amiga. Gostaria de se unir a mim para um café? – perguntou.

– Oi, Sherlock! Não, obrigada. Se eu tomo café, não consigo mais dormir – respondeu ela, esquecendo-se de que já estava dormindo... – Onde estão João e Maria? – quis saber.

– Lá dentro, terminando de assar a bruxa que queria devorar o João – disse ele como se isso fosse algo muito natural. – Depois, vamos ajudá-los a encontrar o caminho de casa.

João e Maria levaram um grande susto ao se deparar com a dupla que invadira a casinha de doces.

– Quem são vocês? – João entrou na frente da irmã, como que para protegê-la.

– Holmes. Sherlock Holmes. E esta é minha fiel leitora, Bárbara. Estamos aqui para ajudá-los a voltar para casa.

O caso da menina sonhadora

— Que bom! — exclamou Maria, que já não aguentava mais ficar naquele lugar em que fora obrigada a trabalhar tanto. — Nós esquecemos o caminho.

— Por falta de atenção — disse Sherlock.

— Como assim? — indignou-se João. — Eu prestei muita atenção em onde estava colocando as migalhas de pão. Não tenho culpa se uns pássaros esfomeados comeram tudo! — falando isso, arrancou um pedaço da janela, que tinha gosto de gelatina.

— Precisamente, esfomeado garoto — continuou o detetive. — Você se lembra muito bem das migalhas de pão, mas esqueceu o caminho. Sabe por quê? Porque prestou atenção nas migalhas em vez de se atentar por onde estava andando.

— Ué, não dá no mesmo? — perguntou Maria, que a essa altura mastigava um tijolo feito de pé de moleque.

— Nossa memória é traiçoeira — explicou Sherlock. — Ela só grava aquilo em que prestamos atenção e, mesmo assim, apenas algumas partes. Muitas pessoas acham que a memória é como uma câmera, que vai gravando e guardando tudo o que vemos e ouvimos, mas isso não acontece: a nossa mente não tem a capacidade de armazenar tantos detalhes. Na verdade, a memória apenas grava alguns pontos principais de tudo aquilo que estamos vendo,

59

ouvindo e vivendo, e vai automaticamente relacionando uma coisa com a outra, criando assim uma rede de relações.

– Quer dizer que nós não temos um arquivo de filmes na cabeça? – decepcionou-se Bárbara.

– Não, frustrada pequena – continuou ele. – Por exemplo: quando João estava vindo para a floresta com a irmã, ele prestou atenção às migalhas de pão. Sua mente foi automaticamente relacionando aqueles pedaços de pão com as coisas em volta.

– Isso mesmo! – concordou o garoto. – Eu me lembro bem de uma migalha que caiu em cima de um formigueiro e de outra que ficou presa na raiz de uma árvore.

– Viu só? – disse o detetive. – E aposto que vocês conseguem se lembrar de alguns sons e até mesmo de cheiros que sentiram pelo caminho.

– Eu me lembro do cheiro de Natal que sentimos enquanto andávamos – confirmou Maria.

– Elementar, cansada menina. Vocês devem ter vindo pela estrada dos pinheiros – concluiu Sherlock. – Vamos até lá.

Eles encheram os bolsos de guloseimas e, excitados com a primeira pista de como voltar para casa, acompanharam o detetive, que continuou suas explicações:

– Se, em vez de prestar atenção apenas às migalhas, João tivesse se atentado mais para o caminho como um todo – as árvores, as pedras, os riachos, os morros –, ele teria gravado na memória mais elementos para se recordar de como voltar para casa e talvez não ficasse perdido quando os pedaços de pão foram devorados pelos pássaros.

– Mas quem garante que eu ia lembrar? A gente esquece um monte de coisas, mesmo depois de prestar atenção – questionou João enquanto lambia uma lâmpada feita de sorvete de creme.

– Perfeitamente, emburrado João – concordou Holmes, mastigando um restinho de sua maçaneta de café. – Nossa mente constrói essas ligações para nos ajudar a lembrar, mas essas associações não são fortes desde o começo. Conforme vamos repetindo a experiência, mais firmes e duradouras elas se tornam, formando as memórias de longo prazo. O caminho da sua casa para a escola, por exemplo, que é percorrido todo dia, esse você já sabe de cor. Mas outras coisas, em que a gente só prestou atenção uma ou duas vezes, são mais fáceis de esquecer mesmo. Você consegue lembrar imediatamente, na chamada memória de curto prazo, mas depois de algumas horas ou dias acaba esquecendo de vez.

Quando chegaram à estrada dos pinheiros, Maria deu um grito:

— Lembrei! Esse cheiro e essas árvores... foi por aqui mesmo que viemos — e, olhando em volta, apontou o dedo em direção a uma rocha. — É por ali! Eu lembro que passamos por aquela rocha — disse de boca cheia, engolindo uma chave feita de chocolate.

— Muito bem, esquecida Maria — comemorou o detetive, lambendo os dedos. — Veja como a memória funciona relacionando os elementos: ao sentir novamente o cheiro e ver as árvores, você se lembrou de mais uma coisa que tinha visto.

— Comigo às vezes acontece isso — disse Bárbara, que mastigava um pedaço de travesseiro feito de algodão-doce. — Às vezes estou no meu quarto pensando em fazer algo e quando saio, distraída, esqueço o que ia fazer. Minha bisavó me ensinou que voltar até onde eu estava ajuda a lembrar. Isso funciona mesmo! É só voltar ao quarto que a ideia reaparece, como mágica.

— Não é mágica, esquecida Bárbara. É que sua mente volta a entrar em contato com os elementos que estavam perto de você na hora em que teve a ideia, ajudando a reativar a grande rede de associações que é a memória.

— Nossa casa! — gritaram os irmãos ao mesmo tempo quando avistaram a cabana em que moravam. João e Maria saíram correndo sem dar tchau para Bárbara e para Sherlock. Quando a menina se virou para comentar isso com o detetive, viu que ele não estava mais ali...

"Pelo menos ainda tenho o meu algodão-doce", pensou ela.

Porém, na hora em que deu uma mordida, sentiu um gosto estranho e percebeu que estava em sua cama novamente, mordendo seu travesseiro real. Ficou triste por não poder acabar seu algodão-doce, mas estava muito animada com mais um sonho. E desse ela não se esqueceria mais.

AI, QUE

NOJENTO!

Bárbara se levantou da cama e levou o travesseiro para a sala. Era sábado e a família já estava de pé:
— Mãe, acho que precisamos lavar a fronha. O travesseiro ficou todo babado depois do meu último sonho.
— Que nojo! — disse seu irmão. — Sai pra lá com esse monte de bactérias.
— Credo, Arthur — reclamou a irmã. — Eu não fiquei com nojo quando o seu nariz estava escorrendo esses dias, né?
— É, e foi por isso que pegou a gripe de mim! — caçoou ele.
— Parem vocês dois — interrompeu a mãe. — Venham tomar café da manhã e depois a gente lava essa fronha.
As crianças foram para a cozinha, onde o pai terminava de preparar uma bebida.
— Quem quer um gole da minha vitamina de abacate com chocolate, banana e aveia? — ofereceu ele.
— Ninguém! — gritaram os dois irmãos.
— Essa sua vitamina é muito feia! — comentou Bárbara. — Não dá coragem de beber, não!

— Pode ter uma cor meio estranha, mas é uma delícia — disse o pai.

"Por que será que a aparência da comida pode estragar o nosso apetite?", perguntou-se Bárbara.

Eles passaram o sábado passeando. Foram ao parque fazer um piquenique e ficaram a tarde toda jogando bola, andando de bicicleta e correndo por lá. Quando estavam comendo seus lanches, algumas crianças que brincavam por perto ficaram com vontade e se aproximaram deles, de olho nos sanduíches. Os pais de Bárbara os convidaram para o piquenique, mas elas ficaram com vergonha e saíram correndo, dando risada.

— Ainda bem! — disse Bárbara, com cara azeda.

— O que é isso, filha? — questionou sua mãe. — É muito feio ser egoísta, sabia? Você sabe que nós temos que dividir nossas coisas.

— Ah... — resmungou. — Não ligo de dividir, mas não queria que gente estranha entrasse no nosso piquenique de família.

— Filha, não diga isso — interveio o pai. — Nós estamos em família, mas sempre podemos receber novos amigos, não é? Você não pode tratar mal as outras pessoas só porque não são da família. Vá atrás das crianças para ver se elas querem brincar com vocês.

— Tudo bem, vai — Bárbara acabou concordando.

No fim das contas, ela encontrou as crianças e passou o restante do dia brincando com elas e com seu irmão.

Quando voltaram para casa, no começo da noite, estavam todos cansados. Foi o tempo de tomar banho, jantar e ir direto para o quarto. Bárbara achou que nem conseguiria abrir o livro, mas andava tão empolgada com aquelas leituras que resolveu tentar.

Começou por "O patinho feio", a história de uma pata que teve vários filhotes numa ninhada, mas um deles era muito diferente dos irmãos. Grandão, meio desengonçado, os irmãos não o deixavam em paz – viviam tirando sarro dele, a ponto de o patinho fugir de casa. Em suas andanças, encontrou vários animais, mas todo mundo achava que ele era um patinho feio e o maltratava. O patinho foi crescendo e, um dia, quando já estava grande, chegou a uma lagoa em que todos gostaram dele. Eram cisnes lindos que o receberam muito bem, para seu espanto. Quando olhou seu reflexo no lago, ele se surpreendeu ao ver que não era um pato, mas um cisne. Há muito tempo, seu ovo havia caído no ninho da pata por engano e ele passou a vida achando que era um patinho feio, quando na verdade era um cisne lindo.

De repente, no lago em que estavam nadando aqueles belos cisnes, caiu uma bola dourada, assustando as aves e molhando Bárbara. Confusa, ela se deu conta de que estava à beira do lago, mas não sabia em qual conto de fadas – sonhava novamente. A história "O patinho feio" havia acabado quando aquela bola a molhou todinha, e agora ela ouvia uma menina chorando. Ao ver que era uma princesa lamentando que sua bola de ouro caíra no lago, entendeu tudo:

– Já sei! Eu consegui terminar "O patinho feio", mas quando comecei a ler a história "O príncipe sapo" caí no sono do novo.

– Elementar, dorminhoca Bárbara – disse uma voz atrás dela.

– Oi, Sherlock – ela já não se espantava mais com suas aparições repentinas. – Quer dizer que entramos em duas histórias ao mesmo tempo?

– Sim. Vejamos o que acontecerá com a nossa princesa.

Voltaram-se para ela e viram-na conversando com um sapo que buscara a sua bola no fundo do lago, para alegria da moça. De longe não ouviam o que estavam dizendo, mas de repente a princesa saiu correndo, deixando o sapo para trás. Cruzou com Bárbara e Sherlock em seu caminho para o castelo.

– Aonde você está indo? – perguntou Bárbara.

– Estou voltando para o castelo – respondeu ela. – Aquele bicho nojento quer comer no meu prato, beber no meu copo e dormir na minha cama. Credo! Eu vou é fugir dele – e continuou a correr.

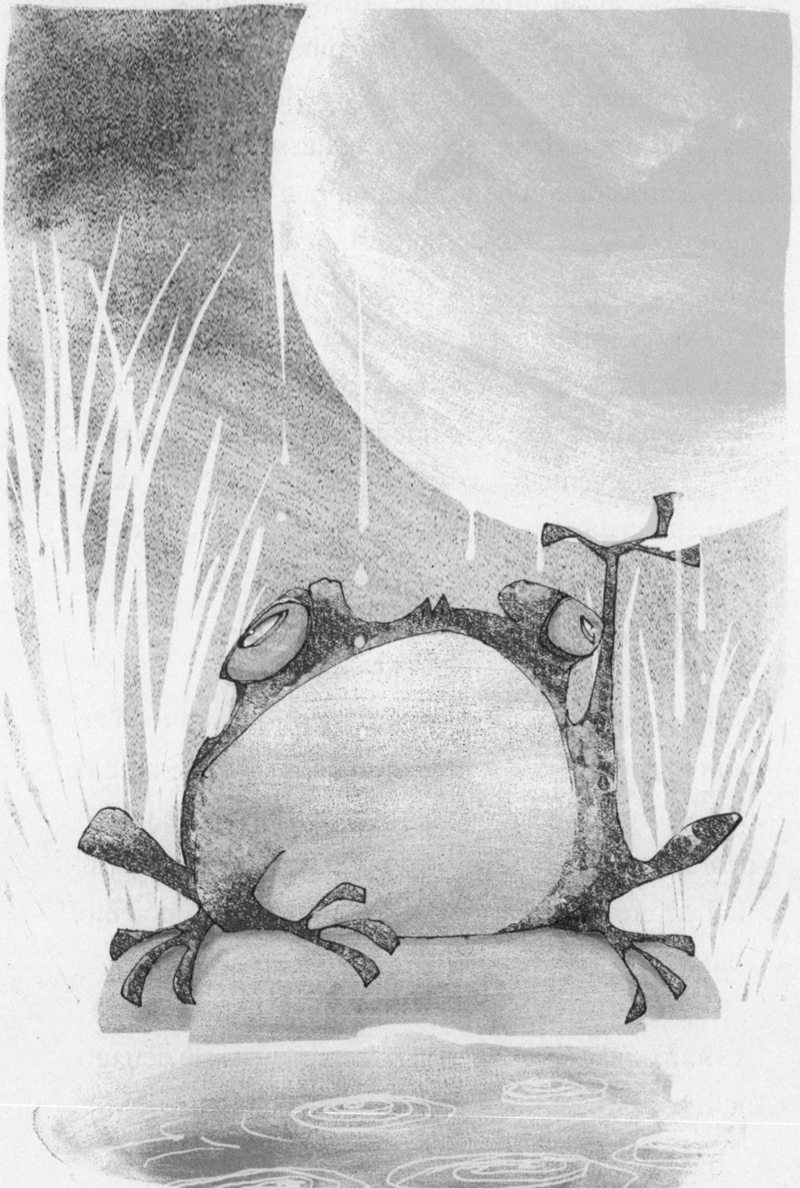

— Isso vai dar problema... — disse Sherlock.

— Por quê? — quis saber a menina.

— Porque ela prometeu para o sapo que o deixaria ser seu companheiro se ele resgatasse a bola. Agora ele irá atrás dela até que ela cumpra a promessa — enquanto ele dizia isso, viram o sapo pulando em direção ao castelo e decidiram seguir o bicho.

— O rei obrigará a princesa a honrar o que prometeu, não é mesmo? — Bárbara comentou, lembrando-se das muitas vezes em que já ouvira essa história.

— Certamente — concordou Sherlock. — E para desespero da menina, afinal o nojo é uma emoção muito forte.

— Emoção? — espantou-se Bárbara.

— Isso mesmo — respondeu o detetive. — Tudo aquilo que se passa em nossos sentimentos e mexe com a gente pode ser chamado de emoção. E o nojo não só é uma emoção forte como também é muito profunda em nossa mente. Pode ver como ela é difícil de controlar: às vezes reagimos a algo nojento sem pensar.

— É verdade. Hoje de manhã eu mostrei meu travesseiro cheio de baba para o meu irmão e ele deu um pulo para trás. Mas por que a gente tem nojo?

— Para a nossa proteção. Pense bem: quais são as coisas que provocam nojo na maioria das pessoas?

Comida estragada, cocô e xixi, sangue, lixo, animais como baratas, ratos...

– Sapos! – gritou Bárbara com cara de nojo, franzindo o nariz e a testa e levantando um pouco o lábio.

– Elementar, enjoada menina. Essa reação é universal e praticamente todo ser humano faz essa mesma careta sua diante das coisas muito nojentas, instintivamente se afastando delas. Justamente para proteção, como estava dizendo. Essas coisas que nos provocam aversão têm grande risco de conter vários tipos de micróbios. Com isso, podem transmitir doenças e colocar a vida das pessoas em risco. Para nos proteger, nossa mente foi programada, ao longo da evolução, para fugir delas e por isso a reação é intensa e instintiva.

– Mas isso pode acontecer só de olhar? Porque meu pai faz uma vitamina que tem cor de comida estragada e eu não tenho coragem nem de experimentar.

– Aí já é um pouco de frescura – brincou Sherlock. – Mas tirando isso, o nojo existe em primeiro lugar para nos impedir de comer coisas contaminadas. Quando sentimos o gosto de algo estragado, é quase impossível não cuspir. É comum sentir também enjoo, sensação de náusea e às vezes até vomitar, tudo para expelir qualquer coisa que possa nos fazer mal. Além do paladar, os outros sentidos também colaboram com essa proteção. Por isso, apenas sentir o cheiro de algo estragado ou ver um alimento com uma cor ou aspecto estranho pode nos fazer sentir nojo.

Chegaram ao castelo bem a tempo de ver a princesa lutando contra seus instintos, sendo obrigada a deixar o sapo comer do seu prato e beber do seu copo durante o jantar. Incapaz de aguentar por muito tempo, ela saiu correndo para o seu quarto. Sem a menor pressa, o sapão acabou de lamber o prato e lentamente saltou até os aposentos da moça. Bárbara e Sherlock foram atrás dele. Quando entraram no quarto, viram o sapo subindo na cama da princesa, que já estava deitada, chorando. Ao pressentir aqueles passinhos úmidos, ela abriu os olhos e deu de cara com o bicho em seu travesseiro. Assustada, arremessou o batráquio contra a parede sem pensar no que estava fazendo. Ele se esborrachou no chão e, na mesma hora... se transformou em um príncipe! Ainda tonto pela pancada, explicou que era um príncipe encantado e que ela quebrara a maldição. É claro que no mesmo instante a princesa se enamorou dele.

— Agora mudou tudo: isso vai dar em casamento... — disse Sherlock entregando o final da história. — Vamos voltar para a lagoa? — convidou ele.

Enquanto saíam em direção à lagoa, viram os dois novos namorados cheios de carinhos um com o outro, para desconfiança de Bárbara:

— Como pode, Sherlock? Até um minuto atrás ela estava morrendo de nojo. Agora, mesmo sabendo que ele era aquele sapo horroroso, ela não sente mais aversão?

— Para você ver como a aparência influencia na nossa percepção, minha enojada garota. O príncipe é bonito, em nada se parece com o melecado sapo de um minuto atrás. Por isso, a mente da princesa já não recebe sinais de que ele deva ser evitado. Quanto mais parecido conosco é alguém, quanto mais próximos nos sentimos, menos nojo temos.

— É verdade. Eu não tive nojo quando o meu irmão estava gripado. Mas acabei pegando a gripe dele — lamentou-se.

— Sim, porque o nojo é uma forma de proteção. Como vimos, nós temos nojo daquilo que pode nos contaminar. Isso inclui meleca de nariz, por exemplo. Se você tivesse mais nojo, não chegaria nem perto dele enquanto estivesse gripado e não ficaria doente.

— Mas ele é meu irmão! — indignou-se ela. — Como posso fugir dele, ainda mais estando doente?

— Muito bem, altruísta irmã. Mas você limparia o nariz de um desconhecido na rua?

— Claro que não!
— Pois então. O nojo não é absoluto. Quando somos próximos de alguém, como nossos pais, irmãos, esposa e esposo, tendemos a ter menos nojo. Do contrário, como uma mãe conseguiria limpar o cocô de uma criança? Mas, conforme nos sentimos mais distantes das pessoas, mais aumenta a aversão. Sabia que essa é uma das origens do preconceito e da discriminação?
— Preconceito e discriminação? O que é isso?
— Preconceito é quando formamos opiniões sobre as pessoas sem conhecê-las de verdade. E discriminação é quando tratamos mal alguém porque ele é diferente de nós, quando somos injustos só porque ele não é do nosso grupo. Quando nos sentimos distantes das pessoas, podemos ter uma aversão causada pelo que é novo, diferente. Talvez tenha sido uma maneira de nossos antepassados protegerem-se de grupos rivais, uma espécie de nojo coletivo. Mas é errado — e em alguns casos é até mesmo crime — tratar mal os outros só por serem, bem, "outros".
— Como aconteceu com o patinho feio! — compreendeu subitamente Bárbara ao chegarem à lagoa dos cisnes.
— Sim. Ou você acha que aquela história estaria no seu sonho por acaso? O patinho feio, na verdade, não

era nem pato, nem feio. Ele era um cisne colocado por engano num ninho de pata. Por causa disso, passou a vida sendo discriminado, sofrendo preconceito. Seus irmãos o tratavam mal por ele ser diferente de todos. Os outros personagens tinham preconceito: formavam opiniões só de olhar para ele. Baseados nessas impressões, todos o julgaram sem conhecê-lo de verdade.

– Ah, eu acho que tive um pouquinho disso – comentou Bárbara ao lembrar-se do piquenique com a família. – Eu não queria que umas crianças lá no parque comessem com a gente durante o passeio. Porque eles não eram da família, sabe? Acho que fui preconceituosa.

– Mas o que aconteceu depois?

– Ah, meu pai me deu uma bronca e me fez convidá-los para o piquenique. No fim das contas, eles eram muito legais e brincamos a tarde toda.

– Está vendo, preconceituosa jovem? A verdade é que preconceito todos podemos sentir; às vezes, como qualquer emoção, é algo instintivo. Mas, mesmo sentindo, nós não podemos nos comportar de maneira preconceituosa, porque isso entristece muito quem sofre esse tipo de discriminação.

– É mesmo, nós vimos como o patinho feio sofreu até descobrir que era um cisne bonito.

Vendo que estavam falando dele, o ex-patinho feio começou a se mostrar todo, batendo as asas e jogando água para todo lado. Bárbara mal conseguia abrir os olhos com a água sendo borrifada em seu rosto.

— Pare, patinho! — pedia ela dando risada. — Você vai me deixar encharcada!

Quando conseguiu abrir os olhos, deu de cara com Arthur, que jogava água em seu rosto:

— Acorde, dorminhoca! É hora de levantar!

Bárbara deu um pulo e saiu correndo atrás do irmão, que de vez em quando tinha a mania de acordá-la espirrando água em seu rosto, só para vê-la correr atrás dele.

FELIZES
PARA SEMPRE

Bárbara estava feliz com as aventuras que tinha vivido nos últimos dias, mas ao mesmo tempo andava meio chateada porque o livro tinha chegado ao fim. Ela, que antes não queria mais ler histórias da carochinha, agora se lamentava por não ter mais contos de fadas à sua disposição. Aquele livro antigo era o único que tinha sobrado – o restante a família havia doado para a biblioteca, já que ninguém em casa os lia.

Ficou pensando no que faria à noite, antes de dormir, e lembrou-se de que a coleção de livros do Sherlock Holmes era enorme e ela ainda não lera nem metade. Não teve dúvida: na hora de ir para a cama, levou um livro do detetive com ela e pôs-se a ler.

O conto começava com Sherlock repousando em sua poltrona, no seu famoso endereço em Londres, 221B, Baker Street. Sonolento, o detetive pensava nos casos que tinha resolvido recentemente, como o do Homem de Lábio Torcido, o do misterioso Cão dos Baskerville, o do assustador Vampiro de Sussex. Absorto nas lembranças, ele acabou cochilando. Levou um susto danado quando bateram à porta.

— Quem está aí? — perguntou, levantando-se de um pulo. — E onde está a senhora Hudson, que não atendeu à campainha?

— Sou eu, Sherlock — respondeu uma voz conhecida.

O detetive abriu a porta devagar, ainda sem entender o que estava acontecendo.

— Bárbara! — exclamou. — Como você chegou até aqui? E pior: o que está acontecendo, que eu não consegui deduzir quem era?

— Elementar, confuso detetive — vingou-se a menina. — Quem está sonhando agora é você. Pelo que vejo, você acabou de jantar e, com a barriga cheia, acendeu seu cachimbo, mas não conseguiu sequer tragar, cochilando em sua poltrona enquanto pensava nos seus casos famosos.

— Mas isso não é sonho, é um pesadelo! — desesperou-se ele. — Eu não consigo deduzir nada e você é que está vendo pistas em todo lugar. Como sabe disso tudo?

— Simples, espantado Holmes — ela o imitava direitinho. — O prato sujo em cima da pia mostra que a refeição é recente e na sua mesa de cabeceira está o cachimbo com o fumo queimado só um pouquinho, mostrando que você o acendeu, mas não o fumou. O diário do seu companheiro Watson, que registra os seus casos famosos, está aberto sobre a mesa, então é evidente que você estava lendo e pensando sobre eles.

— Credo, menina, pare com isso! — Sherlock ainda estava assustado.

— É bom experimentar um pouco do próprio veneno, não é? — divertia-se a garota com as habilidades que exibia no sonho do detetive. Ou melhor, em seu pesadelo.

Sentando-se na poltrona que ficava em frente à de Holmes, Bárbara continuou:

— Eu vim aqui só para agradecer. O livro com as histórias infantis acabou, mas eu aprendi muito em nossas andanças por elas.

— Que bom — disse ele, sentando-se também, já mais calmo. — Os contos de fadas tratam de temas muito importantes. De uma forma disfarçada, eles falam de emoções, sentimentos, medos, expectativas e diversas experiências que todo ser humano tem. É por isso que eles são tão antigos mas nunca saem de moda.

— E por isso nos ensinam tanto — completou ela.

— Elementar, minha cara Bárbara.

Dizendo isso, Sherlock levantou-se para buscar uma xícara de chá, mas teve uma tontura e caiu sentado na poltrona. Com o tombo, levou um susto e despertou, notando que havia cochilado.

— Ora, vejam — disse para si mesmo. — Eu estava sonhando com a Bárbara. Acho que vou pedir a Watson que inclua esse caso em seus escritos: "O caso da menina sonhadora".

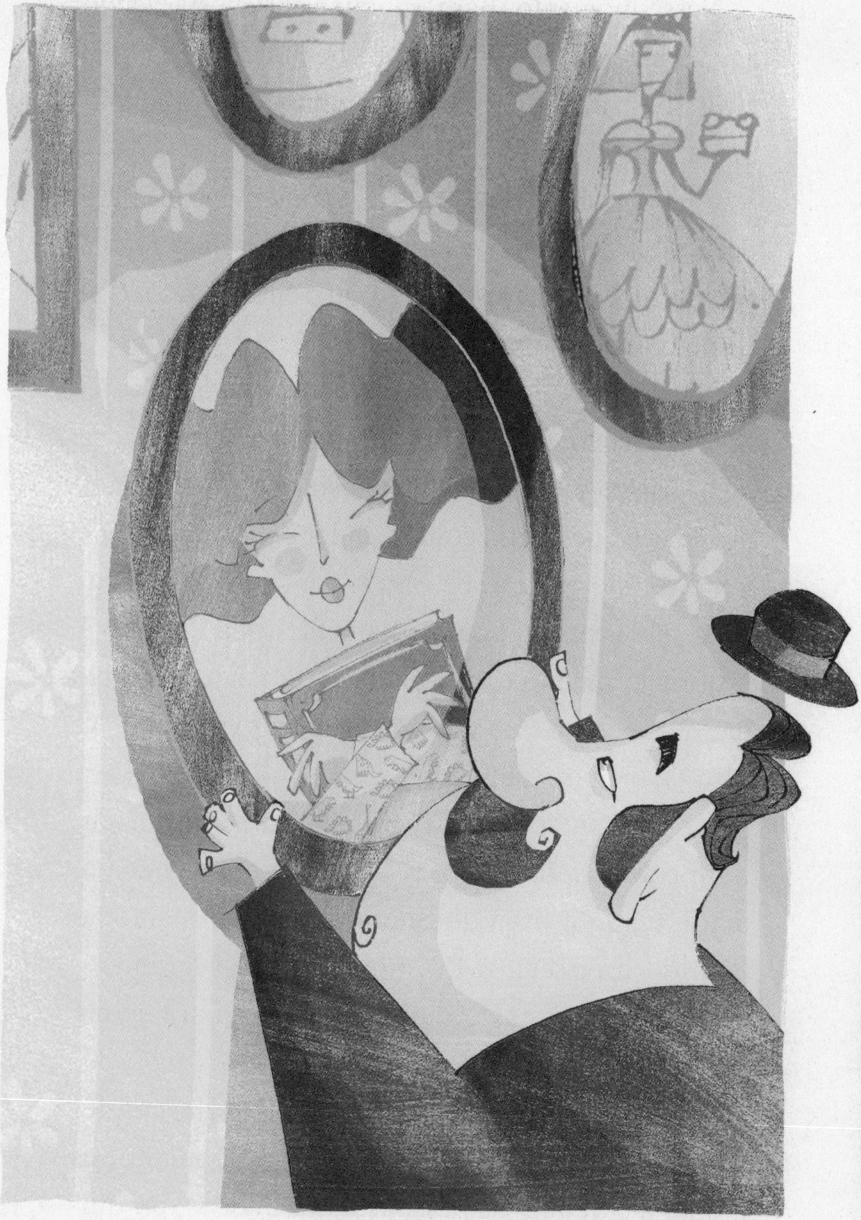

Nesse momento, Bárbara, que achava estar lendo aquele livro em sua cama, percebeu que ela só podia estar sonhando. Não existia nenhuma história chamada "O caso da menina sonhadora".

– Já sei – disse ela depois que compreendeu. – Eu devo estar dormindo e sonhei que o Sherlock estava cochilando. No meu sonho é que o Sherlock sonhou comigo. Que confusão!

Na continuação do seu sonho, o conto ia adiante: Sherlock encontrava o amigo Watson e narrava a ele a história da menina que não gostava mais de contos de fadas e que queria compreender a mente humana. Foi divertido ouvir a sua versão para aquelas aventuras, e ela acompanhou atentamente cada detalhe. A história terminava com o detetive contando como ele mesmo sonhara com Bárbara, decidindo registrar "O caso da menina sonhadora".

Com o final da história, Bárbara despertou. Sem sobressaltos desta vez. Estava em sua cama, ainda tendo o livro de Sherlock Holmes caído ao lado do travesseiro. Era uma obra bem grande – ainda havia muitas e muitas histórias para serem exploradas.

Mas agora ela sabia que não eram apenas os detetives, os espiões e os policiais que podiam nos ajudar a entender as pessoas. Fadas, lobos, porquinhos, princesas e anões, cada um à sua maneira, ensinavam um pouco sobre a natureza humana. E Bárbara soube que os reencontraria ainda muitas vezes pela estrada afora.

OS BASTIDORES DA MENTE HUMANA

Chá da tarde com Watson

AS FASES DO SONO

O sono normal passa por quatro fases, que se repetem cerca de quatro a cinco vezes todas as noites:

FASE 1: momento de sonolência, de transição entre os estados acordado e dormindo. A musculatura começa a relaxar e a respiração se torna mais suave. Dura alguns minutos.

FASE 2: adormecimento. A pessoa já está dormindo, a frequência cardíaca e a temperatura corporal caem. Dura cerca de vinte minutos.

FASE 3: aprofundamento do sono. A atividade cerebral torna-se bem lenta. Difícil despertar a pessoa, que se torna inconsciente. Fase que mais promove o descanso.

FASE 4: fase dos sonhos. A atividade cerebral, a frequência cardíaca e a respiratória voltam a subir, mas os músculos ficam totalmente relaxados. É conhecida como REM (Rapid Eyes Movement), ou movimento rápido dos olhos, em português.

O QUE EU ESTOU SONHANDO?

Se você quiser se lembrar do que sonhou, peça para alguém observar você nas fases iniciais do sono (é melhor não fazer isso muito tarde, senão todo mundo acaba dormindo).

Instrua a pessoa a perceber quando seus olhos começarem a se mexer para lá e para cá, rapidinho (essa é a fase 4, citada anteriormente).

Quando isso acontecer, diga a ela que acorde você depois de alguns minutos. É bem provável que você se lembre do que estava sonhando.

Tijolo de listrinha ou de bolinha?

COMO FAZEMOS NOSSAS ESCOLHAS?

Quando pensamos no futuro, fazemos escolhas mais saudáveis do que quando tomamos a decisão na hora. Existe um tipo de teste no qual as pessoas devem escolher o que querem ganhar: um doce ou uma fruta, por exemplo.

Quando sabem que tanto o doce como a fruta serão dados daqui a uma semana, as pessoas tendem a escolher ganhar a fruta. Como todo mundo sabe que é mais saudável, com a tentação longe dos olhos (só na semana que vem!), é mais fácil optar pela fruta.

Isso muda quando a escolha é para já: colocando diante das pessoas a fruta e o doce, muito mais gente escolhe a guloseima. Isso porque, apesar de saber que ela é menos saudável, somos influenciados pela visão do doce, muito mais saboroso.

LADO BOM OU LADO RUIM?

Uma forma de saber se a pessoa vê primeiro o lado bom ou ruim de uma situação é mostrar um copo com água pela metade e perguntar o que ela está vendo.

As pessoas com mais tendências otimistas podem dizer que estão vendo um copo meio cheio de água, enquanto as menos otimistas talvez digam que estão vendo um copo meio vazio. Não é um teste que os psicólogos ou psiquiatras usem de verdade, mas pode ser divertido.

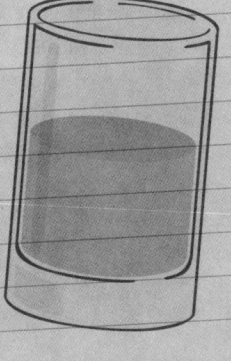

85

Para a esquerda ou para a direita?

AS FALSAS MEMÓRIAS

Convide seus amigos para um teste de memória. Diga que você vai falar uma série de palavras e peça para eles as decorarem, porque depois você irá perguntar quais estavam na lista. Diga a eles para se lembrarem das seguintes palavras: escrever, esferográfica, tampa, tinteiro, lápis, ponta, caderno, anotação, assinatura, tinta, preta, azul. Depois, peça que façam duas ou três contas de cabeça, só para distrair: quanto é 6 x 11, por exemplo, ou quanto é 81 ÷ 9.

Em seguida, fale as palavras abaixo, perguntando se elas estavam ou não na lista: escrever (sim ou não?), livro, caderno, capa, tampa, caneta, lápis, apontador.

Como as palavras caneta, apontador, livro e capa têm relação com as primeiras palavras ditas, a memória nos prega uma peça e muitas pessoas se confundem, achando que elas estavam na lista original.

ESTÁ NA CARA!

Quando algo é tão óbvio que basta olhar para perceber, costumamos dizer: "Está na cara!". Assim são as nossas emoções. Elas literalmente aparecem em nosso rosto por meio das expressões faciais.

Os pesquisadores identificam seis emoções que são tão básicas e universais que todo mundo faz a mesma cara diante delas: raiva, surpresa, alegria, tristeza, medo e nojo.

GRRRRRR!!!

O mais legal é que, como todos fazemos as mesmas caretas, mesmo sem falar nada, os outros conseguem saber como estamos nos sentindo. Mostre para seus amigos cada uma das expressões faciais básicas e veja se eles conseguem reconhecer as emoções que estão por trás delas.

DANIEL MARTINS DE BARROS é médico psiquiatra. Então por que é que foi escrever um livro com o Sherlock Holmes? – você pode estar se perguntando. Pois é, porque a medicina e as histórias de detetive têm tudo a ver! Os médicos, assim como os detetives, têm que ser bons observadores para reunir pistas e tentar descobrir o que está acontecendo no corpo do paciente. Não é coincidência que o criador do famoso Sherlock Holmes, o escritor Arthur Conan Doyle, também fosse médico. As habilidades de dedução de seu detetive foram inspiradas num professor de medicina que ele teve na faculdade!

Como a psiquiatria é uma área da medicina que estuda tanto o cérebro como a mente, Daniel resolveu escrever um livro sobre cada. O personagem principal do livro sobre o cérebro (*Viagem por dentro do cérebro,* lançado pela Panda Books) era Arthur, irmão mais velho da Bárbara. E agora ela se tornou a protagonista de uma nova viagem, desta vez pela misteriosa mente humana.